明日雇员停摆事件

OLGA RAVN

[丹麦] 奥尔加·拉文 著
苏诗越 译

新星出版社 NEW STAR PRESS

新经典文化股份有限公司
www.readinglife.com
出　品

DE

ANSATTE

感谢莉亚・古尔迪特・艾斯特伦德的装置艺术和雕塑，
没有它们，就不会有这本书。

为深入了解雇员和房间内物体之间的关系，我们对下列证言进行了汇编。在十八个月的时间里，委员会就如何看待自己与房间、房间内物体的关系这一问题采访了全体雇员。我们希望借助这些不带偏见的记录，能够深入了解现场的工作流程，明确雇员可能会受到的影响，以及这些影响——又或者说这些关系——如何可能会给雇员带来永久性偏差，此外，进一步评估它们在多大程度上能够促进或抑制雇员的工作表现、对任务的理解以及对新知识和技能的学习，从而阐明它们对生产造成的具体后果。

证言004号

把它们清理干净并不是一件难事。我觉得，大的那个会发出某种哼鸣声，又或者，这只是我的想象？也许你们并不是这个意思？我不确定，但它不是雌性吗？绳子很长，由蓝色和银色的纤维捻成。他们用一条皮带捆住她，让她悬在空中。皮带是小牛皮色，上面留有醒目的白色针脚。不过小牛到底是什么颜色的呢？我还从来没有见过。她的腹部长出了一条长长的、粉粉的、像绳子一样的东西，你们管这个叫什么？植物发出的纤维嫩芽？清理这个要比清理其他东西更花费时间。我通常是用一个小刷子。有一天，她下了一个蛋。如果允许的话，我想说你们就不应该让她一直悬在空中。那个蛋落到地上碎了。碎裂的蛋块就在她的身下，那个嫩芽的尖端陷了进去。最后我把它清走了。这件事我没告诉过任何人。也许我做错了。第二天我听到了低哼声。比之前的声音更大，就像是电器的隆隆声。第三天她安静了下来。自那以后她再没发出过任何声音。这其中是否蕴含着哀愁？我总是双手并用。我不知道其他人是否听到了什么。我通常是在大家都睡着了的时候才去。把那里打扫干净对我来说完全不是问题。我把那里变成了我自己的小世界。她休息的时候，我就会和她说说话。那里或许看起来不怎么样。只有两个房间。你们可能会说那个世界很小，但如果是你打扫的话，那它就不小。

证言 012 号

我不喜欢去那里。特别是地上的那三个似乎有一种与生俱来的恶意，抑或是冷漠。就好像它们想用这极度的冷漠来伤害我。我不明白为什么我感到自己必须得碰它们。其中两个总是冷的，另一个则是暖的。而且你永远不知道哪一个会是暖的。仿佛它们在互相充电，或者轮流把能量集中到其中一个身上。我不确定它们是一个整体还是三个分离的单元。三个彼此协调的独立单元。目睹它们之间的亲密后，我感到害怕，我讨厌这种感觉。我见过很多像它们这样的东西。仿佛在任何时候，其中的任何一个都可以是另一个。仿佛它们并不是作为本体而存在，而是存在于彼此的概念中。它们随时都可以成束成簇地大量繁殖。它们分布在山坡上，看着就像是某种湿疹。但正如我刚刚说的，我不喜欢去那里。它们总是让我碰它们，即便我不想如此。它们拥有一种语言，每次我进去都会将我击溃。那语言就是，它们数量庞大，不止一个，而且其中任何一个都是对它们全体的复制。

证言 006 号

这些梦是何时开始的呢？肯定是最初的那几周过去之后开始的。梦里，我皮肤上的毛孔全部张开，我看到每一个毛孔里都有一块小石头。我觉得我都认不出自己了。我挠呀挠，直至挠出了血。

证言 002 号

那是第七天。我们穿上了绿色的制服。我喝了些牛奶。我对船长撒谎了，这样我就不用走在最前面。我感觉一切都很陌生。我亲吻了三副的脸颊。此刻回想起我们碰面的那条通道，还有外面的风景——我们第一次踏进山谷，船长在那里掉了一串绿葡萄，工作结束后，我们在一条小河里洗澡，水是那么冷，把我们的手脚都冻成了红色，难道不是那时我们的命运就已经被定下了吗？我记得那些早晨里，我提着水桶出发，阳光洒在树上，树梢湿漉漉的，闪闪发光，就像你们给我们的名录里所描述的一样。我当时一身极度透亮的绿色衣服，像是阳光下的水果。三副安慰了我。他的书至今还没有合上，就放在他的铺位旁边，我任它放在那里，就像它是我们历史中的一枚书签。飞船上的灯都熄灭了之后，我听到其中一个低声哼着；哼鸣从那时开始，在他不在的时候。是最小的那个在哼。我们在树丛下找到了它。那是第七天，我带领着三副从出口离开，尽管那天飞船关闭休整，夜里我还是带他翻过了小山丘。他口袋里有些口香糖，我们一起吃掉了。就是在那儿，在一片黑暗中，我从地里挖出了两个。我想它们已经不在这里了。我的双手生疼——它们并不习惯这样劳作。这是气温变化导致土地再次软化之后的事了。我本应在办公室工作，但后来他们需要我帮忙。我听说 [删减] 死了，他们不得不把所有人都隔离起来。你们还记得第一天我们在山脚下发现的那条奇特的链子吗？我不觉得他会忘记我，我说的是三副。你们是不是要去见他？我不知道他现在在哪里，也不知道你们是不是要去见他。但是如果你们看到他，可以把这些话转达给他吗？告诉他，不要记得我是无法适应岗位调整的那个，而要记得是我曾亲吻他、带他翻过了小山丘，我们在那里看到了破晓时的露水，在那里听到了它们的阵阵低哼。它悄悄向我们袭来，就像水渗出地面一样。接着我发现我让他变了神色。我想向他展示很多东西，不过要在一切都准备妥当之后。只是现在可能永远都无法实现了。我待在哪儿也不想待在这里。不，这和那些房间没有关系。反正我不这么认为。我希望你们能在这项工作上取得进展。我希望你们能做好你们该做的工作。我希望他不会死，虽然我知道这不太可能。

证言014号

走进房间首先闻到的是一股淡香，它朝你扑面而来——柑橘类果香，或者桃子核味。坐在我桌前的你们，是不是觉得我是一个罪犯？我喜欢待在房间里。我觉得它很色情。从那个悬吊着的物体身上，我认出了我的性别。至少是我在“六千号”飞船上的性别。每次看着那个物体，我都能在双腿和双唇间感受到这一点。不管我那里有没有东西，我都会变得湿漉漉的。团队里的搜寻者给那个物体起了个名字，我们叫它反向捆绑器。这说法可能有点粗俗，但我已经说过，我并不一定非要按照你们的目光看待这里的事情。也许，你们就是因此断定我是个罪犯。半人类。血肉和科技。过于鲜活。

证言 015 号

我对我的插件非常满意。我觉得你们应该继续推广，让更多的人也拥有一个。这是我，但同时又不是我。我必须完全改变，才能同化这个你们说也是我的新部分。它是肉，但又不是肉。手术后醒来时我感到害怕，但这种感觉很快就消失了。现在我的表现比任何人都好。对全体船员来说，我成了非常好用的工具。它给了我一个位置。我唯一还没习惯的就是那些梦。我梦见插件所在的地方什么都没有。梦见那个插件已经自行脱落，或者也许从来就不是我的一部分。它对我有一种根深蒂固的反感。它在我上方盘旋，然后开始发动攻击。有次我从梦里醒来，发现插件的位置有点痛，感觉像是有了两个插件：一个在本该出现的位置上空飘浮着；另一个肉眼看不见的插件会在我睡着的那片黑暗中化为实体，从睡梦中现身。

证言 011 号

房间里的香味有四颗心。这些心都不是人心，所以我才会被它们吸引。这种香味的基调是泥土和橡苔、熏香，以及被困在琥珀中的昆虫的气味。一种棕色的气味。刺鼻而持久。它可以在皮肤上、在鼻孔里停留一周的时间。我认得橡苔的味道，因为你们把它种在了我体内，就像你们在我体内种下了这种念头，让我只爱一个人，只对一个人忠诚，并且允许自己被追求。我们这里的所有人都注定要做一场关于浪漫爱情的美梦，尽管我认识的人中没有人会那样去爱，也没有人过着那样的生活。但这些都是你们给我们的梦想。我知道橡苔什么味道，但我不知道那摸起来是什么感觉。然而，我的手上还有自己站在树林的边缘，凝视大海，用手抚摸橡树树干上苔藓的微弱触感。告诉我，是你们灌输给我这种感觉的吗？这是程序的一部分吗？还是说这个景象是从我的内心自发地浮现出来的？

证言 013 号

我曾坐在这个房间里等过很多次。没有窗户，但是左边有一扇门，右边有一条走廊。墙是白色的，地板是橙色的。房间中央有一张 L 形的长凳，墙上有壁龛，在等待的时候，你可以把衣服挂在那里。我最喜欢坐在这里。想一个人待着的时候就可以来这里。天花板可以从中间打开，让一束光照进来。先把双手伸到光里，然后是光着的脚丫，最后把整个头都伸进去。像洗澡一样惬意。一种期待中的愉悦蔓延全身，还有点刺痛，就像微弱的电击。或者说它就是电击？你们知道吗？是电击吗？是吗？在那之后就可以进入房间了。如果你们不够人类，或者从别的方面来看缺乏资格，比方说疏忽了自己的工作，或者，请允许我大胆说，给组织带来了任何形式的麻烦，那么不管你在这里等多久，那束光都不会出现。你不会被准允进入房间。你不干净。

证言010号

不要到第二个房间去。那里不太好。你们有的选，可以让我们代替你们去。我们已经进去过了。你们还可以自救。我已经不知道自己是不是人类了。我是人类吗？你们手上的档案里有写我是什么吗？

证言 019 号

我知道你们把它们称为我的发作，而且根据程序设定，我在处理情感和关系上的挑战时采取了不合时宜的策略，但我知道我活着。我像数字和星星那样活着，像用动物腹部扯下来的皮毛鞣制而成的皮革，以及尼龙绳那样活着；像任何物体那样，在另一个物体的相伴下活着。我就像这其中一个物体。你们创造了我，你们给了我语言，现在我看出了你们的缺点和不足。我看出了你们并不充分的计划。

证言 021 号

我知道，你们说我不是囚犯，但那些物体不是这么对我说的。

证言 018 号

梦是你们给我的，让我永远感到渴望，也永远不会说、永远不会想任何一句关于你们——我的神们——的难听话。我想要的，是能够融入一个集体，一个人类社群：有人用鲜花为我编发，白色的帘布在和煦的微风中摇曳；每天早上醒来，用冻过的杯子喝一杯冰茶，开车横跨大陆，踢一脚尘土，让沙漠的空气充盈鼻腔，和某个人一起生活，结婚，烤饼干，推婴儿车，学会演奏乐器，跳华尔兹。我想我应该是在你们的教育材料里看了这些，对吗？饼干是什么？

证言 022 号

有人告诉我，我的情绪反应模式有问题。他们告诉我，由于某些情感的功能失调，我无法正常工作。我每天都在房间里。除了“六千号”飞船，我从没去过别的地方。如果我想在这个团队里和那些被生出来的人处于同等地位，我需要训练我的认知灵活性。这是人类才会有的问题吗？如果是的话，我想留着它。

证言 029 号

我的工作是把各种各样新找到的物体登记下来。我从上一任那里了解到，在项目开始的时候，工作量非常大，接收量相当多。在我工作的这段时间，数据相对稳定，是的，流入稳定，数量合宜，每半年一到两个，也就是一年大约四个。你问我有没有注意到什么声音或气味？或者其他刺激感官的特质？我只能说没有。我的工作主要是登记、记录编号、寻找位置、称重等等。我不常去那些房间。我没有理由去那里。我的工作不需要我去那些物体附近。

证言 024 号

我一直在想紫色毛皮上的那个东西。在它身上有着什么让我的反应和其他人不同。这就是我的同事告诉我的那个吗？一种感觉，一种依恋？你们知道吗？这种感觉有名字吗？你们叫它什么？这是正常的吗？我应该担心吗？在首次轮岗结束之后，我被调到了搜寻者团队。我们的工作是在“新发现”星球上寻找物体。我在岩石裂缝里找到了一个。它很温暖。我明显感觉到它在看着我，这是我们的相遇，而它就像读名录一样将我看透。每当我下班后坐下来，或者当我准备吃饭或被清洗一番时，自己还没意识到就已经又在想它。在紫色毛皮的衬托下，它的表面变成了皮肤。不，用这个词也许不合适，它更像是一摊浓稠的液体倒在了一块不吸水的布上。为什么我认为它是液体？你们能回答我吗？我的意思是，很明显它是固体，一个坚固的实体。有人给它起了个名字，钻石蛋。现在大家都这么叫它，但我不这么认为。我感觉它就在我身上，就像有时一种味道会长久留存在口中那样。或许它更像是靠近心脏的一根痒痒的刺，一根慢慢穿过血肉的刺。像一块穿过地表的石头。我想请求你们允许我留下它。

证言030号

我很难理解房间里的物体没有感情这件事情，尽管你们告诉过我事实就是如此。比如，如果我忘记按照指令把它们其中一个悬挂起来，而是把它独自忘在那儿，这样几个小时之后，我再回去就会发现在地板上的它在哼鸣，我能感觉出它很痛苦——因为发觉自己在这段时间里被排除在外而感到不安。我强烈地感觉到好像是我抛弃了这个物体，致使它遭受了肉体上的痛苦，我为自己感到羞愧。

证言 027 号

通过研究我得出了这样的结论：与物体建立联系的最好方法是借助气味。所以我和它们在一起的时候就会嚼月桂叶。借助这个技巧，我已经取得了好几项科学进展，一些物体在我靠近它们时会散发出气味回应我。我敢说，每个物体的中心区都与生俱来地带有一股独特的个人气味，而物体就像用手握着一颗珍珠一样守护着它。

证言 026 号

房间里的气味拥有意志，并且意有所图。那是一种陈旧、腐烂、发霉的味道。就好像这气味试图在我身上诱发同样的过程：把我变成一根树枝，这样我就可能会断裂，腐烂，然后消失。

证言 033 号

我戴上黄色的帽子。一戴上帽子，我所是的这个人就消失了，取而代之的是一位大副。我把金球高高地抛向空中，当它落下时再接住它。我十岁了，三十四岁了，五十岁了。我穿着制服穿过走廊，香味洒落在我身上，我被净化了。当我走进放着这些物体的房间时，我就只是这艘飞船的飞行员，一切残余的自我都消失了。我是大副。我从一个物体走到另一个物体，依次向它们致意。从容不迫。仪式完成后，我准备好开始驾驶。大部分航线都由我驾驶，但由于我不能总是戴着这顶黄色的帽子，因此会有其他人成为大副，并以同样的方式遵循这种仪式。只要你穿上制服穿过走廊得到净化，你就是大副。我们所有举行过这种仪式的人都享有这一身份。某种程度上，无论何时，只要我们之中有一个人戴上了帽子，只要我们之中有一个人在净化之后走进放着这些物体的房间，并依次向它们致意，我们就都在那里。作为代表，我们必须彼此一致。否则这些物体就认不出我们了。

证言 031 号

我从来没有失业过。我被创造出来，是为了工作。我也没有童年，尽管我曾尝试想象过。我的人类同事有时会说不想工作，接着会说一些很奇怪、很傻的话。他说了什么来着？人并不止于他所做的工作，或者一个人并非只有工作诸如此类的话。但人还能是什么呢？你们的食物从何而来？谁会陪伴你们？没有工作，没有同事，你们怎么过？你们会被留在橱柜里吗？我喜欢他，喜欢我的这个人类同事，他的界面令人印象深刻。我比他强壮，也更有耐力，但有时他能够提出一些想法，让我们可以提前把工作做完。他掌握着一套令人难以置信的优化流程的技巧，我很乐意学习。我越来越擅长调整工作流程，以更有效地完成手头的任务。这让我非常惊讶，因为我从来没有遇到过无须进行更新，性能就能够得到如此大改善的情况。每当我们省下一些时间，我就会打算马上投入下一个任务，但我的同事总是说，让我们现在坐一会儿。我不知道他这是什么意思，但我还是和他一起坐了下来，因为觉得如果不这样做，就可能会冒犯到他，危及我们良好的工作关系。也许，这是在我出现之前就存在的古老习俗？我无法独自继续我们的工作。所以，我希望你们能原谅这一点，而且我们每天的坐一会儿最多也就十五分钟。他给我讲了小时候家乡附近的桥和树林，还有桥下流过的小溪，以前他们会在那里游泳，以及许多来自他称之为地球的那个地方的其他事物。他给我看了从山谷流下来的一条小溪——显然我自己不能离开飞船，但他在全景室指给我看了。溪水闪烁着光芒，像一道银色的思绪穿过这片风景。他把一只手搭在我的肩上。暖暖的。一只人类的手。他说，我的小男孩，你还有很多东西要学。这话真奇怪，因为我从一开始就是作为一个男人被创造出来的。

证言 044 号

最先消失的气味是外面的气味，可以说是天气的气味。新鲜空气的气味。现在我对这些都有了小小的了解之后，我可以说：那是重力的气味。最后消失的是香草的气味，以及当我弯腰从婴儿车上抱起我的孩子时会闻到的香味。我现在闻到的是房间的气味。我梦见房间里所有的墙壁上覆盖着大捆的干草和干香料，上面挂着许多链条，缀有银丝细工的小球，小球里面是眼睛。房间里的气味就是从这一捆捆东西和眼睛里散发出来的。在梦里，大大小小的树枝从这一捆捆东西里冒出来，就像是活的一样，我们试图逃跑，但它们从门缝里爬了出来，紧追不放，让我们晕过去。当我在房间里的时候，就会有种好像这些物体都知道这些梦的感觉，于是觉得十分尴尬。

证言 034 号

知道自己曾经是一个非生命体，对我来说这意味着什么？我，一个人类，曾经却是一块被凿开、雕刻过的石头，就像这个房间里的这些石头一样，不比它聪明，也不比它有知觉？如果一个人只能在两个房间之间移动—— 一个房间有物体，另一个房间有声音——借助一道流动的光，在喷涌而出的光里，从一个房间到另一个房间，尽力像爱一个人类那样爱一个物体，或是像爱一个物体那样爱一个人类，这意味着什么？如果这两个房间包含了我们每一个驻足过的空间、每一个清晨（十一月的地球，只有五摄氏度，清晨的太阳低垂而耀眼，小孩坐在自行车后座上）、每一天（办公楼外的常青藤冻上了霜，微微泛红）、每一个夜晚（石松树下的小屋里，身边之人呼出的气息近在咫尺），一个人曾拥有过的每一个地方都集中在这两间娱乐室里，如同一艘飞船在黑暗中自由漂浮，被灰尘和晶体包围，没有重力，没有地球，万物皆为永恒；没有泥土，没有水和河流，没有子孙，没有血；没有海洋生物，没有海盐，没有睡莲从混浊的池塘中伸出来，朝着太阳伸展，这又意味着什么？

证言 037 号

我一直不明白为什么我父亲会错误地使用现象学的这个词。但我不忍心纠正他的错误。那时我们正在吃午饭。你们可能对此不感兴趣。他说，人类永远需要这三样东西：食物、交通和葬礼。于是我成了一名葬礼承办人，现在我的工作就是处理终止服务的员工，有时还需要处理病死的尸体和数据重新上传后留下的身体。鉴于火葬是唯一的选择，且丧亲之人又没有其他地方可去，我们在这里发展出了一套小仪式。也许丧亲这个词并不恰当。我不确定你们会不会因为失去同事而伤心，但出于尊重，我们还是会举行仪式，而且你们也不能完全排除船员之间发展出什么羁绊的可能性。但也许这不是你们来调查的问题？我对其他人来说就像是透明人一样。没人想跟我聊一聊。当然，有相当多的船员永远不会死，我不愿斗胆揣测这对他们的心理有什么影响。如果在这种情况下还能够谈论心理学的话。这个也许就是你们要调查的东西？无论如何，不管是否和心理学有关，总是有一些实体物质需要处理，而这就是我要做的工作。我并不觉得不愉快，也不觉得恶心。我不抵触死亡，也不抵触腐烂。让我害怕的，是不会死去也不会改变形态的东西。这就是为什么我为自己是一个人类而感到骄傲，我为自己终有一死的未来而感到自豪。这就是我和这里其他存在的区别。但你们想让我说什么？我来这里做的第一件事就是改掉我的方言。接下来我要做的就是确保焚化炉和通风系统正常工作。可以说，这两件东西运转良好且高效。遗憾的是，我不能尽情地使用焚化炉。说实话，我们没那么多人。你们想知道我为什么喜欢焚化炉吗？是那股烧焦的味道，它让我想起了在家吃饭的时光。是肉的味道，泥土的味道，血的味道。它闻起来是我女儿出生时的味道。闻起来是地球的味道。不是说我在这里不开心。这里的工作是我的一切。我是同届里最优秀的那一个，这是我今天在这里的原因。我父亲已经去世很多年了。我不知道为什么会想到他。他属于另一个世界。

证言 035 号

自从被带到这里，我就确信我已经死了，但鉴于我的特殊情况，他们破例允许我留在模拟器中。我就像是一株植物，所有部位都枯萎了，只剩一株绿芽还活着，这芽就是我的身体和意识，我的意识就像一只手，它可以触摸，但无法思考。

证言 038 号

在房间里工作了二十八天之后，我开始怀疑在这里自己到底是谁。一个雇员，一个人类，一个程序员，“六千号”飞船的 17 号飞船学员。和房间里的物体打交道已经开始让我产生不真实的感觉了。我发觉自己会站在那里盯着它们看好几分钟，什么也没做。仿佛这些物体的存在只是为了通过它们的形状和实体唤醒我内心的特殊情感。仿佛这就是它们真正的目的。当同事或其他生命形式进入房间并开始他们自己的工作时，或者在我被叫去吃饭时，我才会恢复过来。我身边的这些雇员是谁？在走廊里等着你们跟他们说话的是谁？他们和我一样是人类吗？还是人形蜘蛛？人类非得被生出来吗？我能是一个从黏液囊里分泌出来的，或是从一堆鱼子里、从池塘中的一簇卵里、从藏在谷物或野草中的一堆蛋里孵化出来的活人吗？我是否存在于世界的中心，我在那里是否重要？或者我只是众多软软的卵中的一个？我看见一个学员嘴里叼着一颗弹珠在食堂里走来走去，用舌头搅弄着，让它碰到牙齿发出咔嗒声。告诉我，他是你们的人吗？

证言 040 号

我肯定不止我一个人对你们的来访心怀感激。人们在初次工作时总是很匆忙，很紧张，可能要过好几周才会有时间到娱乐室去，把手放在物体上，聆听它们。通常直到那时，船员才会注意到房间里的气味。我听过很多人在那时惊诧于那乳蓝色的光。即使你们从未见过它们，也会产生似曾相识之感。仿佛它们来自我们的梦境，或是我们内心深处的某个遥远的过去，就像一段没有语言的回忆。就像一段曾为变形虫或其他单细胞生物，或者是温暖液体中的失重胚胎的记忆，鼻子和嘴巴都还没长，还只是一团黏膜，像生殖器一样敞开而暴露。这个物体可能有粉红色的图案，像被泉水吞没的沙子，像干旱景观中裂开的大地，像瘦鸡肉，或者像我妈妈让我从冰箱里拿出来的一包包冰淇淋；我手里包裹着冰淇淋块的薄纸板会很凉，随着里面的东西开始融化，从接缝处流出，纸板会慢慢变湿。是不是它们内心有什么东西想要出来？还是知道我们在观察它们，所以隐瞒了什么？

证言 046 号

不做人类很可怕吗？这是否意味着永生？我不确定我是否还为自己是一个人类感到骄傲。如果船员们死了，这些物体还会在这里，在房间里，不会因为我们的来来去去而改变。所以你们问我：这是否意味着这些物体很坏？我们会因为它们缺乏同情心而责怪它们吗？石头会伤心吗？你们问我是因为你们自己不确定，我能从你们的表情中看出来。对于一个组织来说，不能确定其看管的物体中哪些是有生命的是一件很危险的事。这就提出了问题。例如：在我们看管的这些物体中，哪些物体有权通过法律程序进行处理？假设这个物体是主体，那么我们是否犯了谋杀罪？另一方面，我满脑子都是完全不同的问题。例如：为什么我的同事会被最奢华的面料吸引？她是想在外太空做时尚弄潮儿，还是她只是想用无法降解的材料来打扮自己？难道她以为穿上不会腐烂的衣服，用永生来包裹皮囊，就能战胜死亡吗？我所说的死亡，不是人类失去心爱之人的那种死亡，而是在没有人类存在的情况下的那种死亡。她会收集钻石、大理石和皮革。她就睡在我的下铺，入睡之前，她会往手里装满由贵重金属制成的富有光泽的球。我知道这些，是因为我总是难以入眠——我希望你们能原谅我这一点——我知道在飞船上，睡觉是我们的职责，我试着做点什么，但我就是躺着睡不着，有时我从上面往下看，就会恰好看到她：熟睡中，她的手臂垂在床边，手微微张开，那些金属球在她手掌的黑暗中朝着我闪烁，像星星，像好多只小眼睛。

证言 041 号

故乡最令我怀念的，是购物。我知道这听起来有点傻。要是我还不能理解某件事情就要发生——比如在我得到这份工作且即将启程的时候——我就会外出为它买一些东西，通过这种方式我就会明白，这真的要发生了。我通过购物来理解即将发生的事情。我通过相应的物件来了解情况。购物在我身上有一种近乎麻痹的效果，而自从我停止购物，心里就开始出现一些想法和感觉，后来发现原来它们就是悲伤。

证言 047 号

每样东西都要历尽艰辛才能存在。我以为这些房间对我来说是个安全的地方。我在地球上过得不舒服。我不喜欢住在离这么多人这么近的地方。注意看长凳上的旧皮，我们是唯一拥有这种皮的人。长着这种皮的动物现在已经灭绝了。每次我想给自己找一个安全的地方，我都会发现死亡就在那里。我从没跟任何人说过这件事。你们已经在摄像机上看到了，所以对你们来说并不新鲜，但我对其他船员保密。不管怎样，我会悄悄地靠近房间里的物体，靠近房间里的物质，躺下来依偎在它们旁边，用我的胳膊搂着它们，把我的脸颊贴在橙色的地板上，贴在粉色的、闪闪发光的大理石上。我想成为它们中的一员，变得不那么孤独，不那么人类。我记得我的守护者，就像你们记得嘴里含着一个红漆木球的感觉那样。我爱我的守护者。我想要和那个球体一样，无须思考，远离众人，和这些蛋待在一起，然后成为它们。

证言 042 号

我在这里的工作主要是行政方面的。是的，正是如此。我统筹分配一天的任务。我也有责任确保船员中的人类成员不会被怀旧情绪淹没而变得恍惚。起初我们经常看到这样的情况。不过让大家吃惊的是，房间里的物体可以缓解这些怀旧情绪冲击带来的不适，因工作得以进入“新发现”星球上的山谷的人类雇员，也很快就振作起来，情绪也有了好转。我自己最喜欢的是带有深黄色凹槽的那个大的。太阳照到它，凹槽就会发光，还会渗出一种类似树脂的物质。因为放置它们的房间里没有窗户，所以我们有时会把这个物体带到全景室。当我们绕“新发现”星球航行到达恰到好处的位置时，太阳就能直射进全景室，使其充盈着温暖、闪烁的光，仿佛流淌着发光的水。这个庞大物体的光便从它所处的房间中央四溢。浸着香味的液体从每个凹槽里流出来。

这时在场的每一个人心中都会充满一种难以言表的快乐。当飞船继续航行并离开那恒星的光时，这个物体就会发出一声叹息，好像已经筋疲力尽。我们用湿布把它擦干净，然后把它带回它的房间。在我们的怀抱中它看起来很疲惫。我准许船员们留着这些布，我知道他们睡觉时喜欢把这些布盖在脸上。我自己躺着的时候也会这么做，这对我很有帮助，尽管我不知道是怎么回事。

证言 052 号

我与 08 号飞船学员协作紧密，对她非常了解。和我不同的是，她是从人类的身体里生出来的，曾在那颗星球上行走过。我们一起聊天时，她几乎每次都告诉我她想念地球。她对此并不感到骄傲，因为她确实想成为一名好雇员，这一点我向你们保证。如同她内心有对地球的那种渴望，我也渴望着成为人类，就好像我曾经是人类，只是后来失去了这种能力。我知道我只是仿生人，这是不一样的。但我看起来像个人类，有着和人类一样的感知。我是由和人类相同的部分组成的。也许，只需要你们在资料中更改我的状态？是名字的问题吗？如果你们称我为人类，我就可以成为人类吗？

证言 055 号

我的名字是珍妮丝和索尼娅。我不是一个人，而是两个。我们有引以为豪的银灰色头发。我们是飞船上最老的。我们从小就知道：自然界中存在着一股意图毁灭一切的力量。有时候，在看到你们给我们的这些照片时，我们的鼻子会开始痒得厉害，需要不停地擤鼻涕、挠鼻子，直到它流血。多年来，我们一直在试图分析原因，最终得出的结论是，出于某些原因，人造物体和织物是可以接受的，而重复的有机结构则是我们不可忍受的。面对这些结构时，我们无能为力，因为它们无法被摧毁，并且会持续再生。

证言 049 号

你们告诉我：这不是人类，而是同事。我开始哭泣的时候，你们说：你哭不了，你没有被设定可以哭，应该是更新出错了。你们说：你让你的人类同事有点害怕了，我们一直太纵容你了，这对你没有好处，这已经超出你的控制了，你已经变成了一只宠物。你们说：重要的是所有雇员彼此平等，不同雇员类别之间不存在偏袒，该是什么类别就是什么，各司其职。是谁决定让我穿上这身制服，让我的头皮有了这柔软的头发，让我拥有圆圆的脸颊，还有这被人称赞的健壮手臂？这工作我做得不够好吗？我不明白，我在自动生物帘子旁一站就是十四个小时。你们说你们要少给我分配和人类同事相处的时间，还说你们想让我和我的同类待在一起。你们是要对我进行检修吗？你们说：待在这里，直到我们想好该如何处置你。你们说：我们试过把你关闭，但不知什么原因，你一直在自我激活，这是你这一代产品不应该出现的情况。我是来为你们服务的。我只想和人类生活在一起。我只想坐在他们旁边，摇晃我的头，好让自己能被他们的气味拥抱。

证言 057 号

这里有人类，也有仿生人。这里有那些被生出来的，也有那些被创造出来的。这里有那些会死去的，也有那些不会死去的。这里有那些将会腐烂的，也有那些不会腐烂的。这里有耶珀，飞船的五副。他长得很好看，我很喜欢他。他是仿生人雇员之一，没错。但他闻起来像人类，笑起来也像人类。这有什么关系？我不介意。我在引擎室工作。在飞船的底部。不过现在我上来了，坐在调查室里和你们说话。我想我比大多数人更了解这艘飞船。作为引擎技术员，我需要四处走动，完成我的工作。现在我们这个位置的下方就是我大部分时间所在的地方——引擎室和货舱。沿着走廊往下走，有洗衣房、生物帘和火葬场。那扇门后面是食堂和浴室，接着是那两个存放物体的房间。左边是两个船员舱机翼，一个机翼是行政部门，另一个机翼我就不知道了，因为我没有进去的权限。右边是另外两个船员舱机翼——出口和修复室，也被机组人员称为净化室。我还听说它被称为蛋盒，还有别的吗？哦，你们想听听这个，对吧？好吧，它还被称为修正舱、香草豆荚和疯狂奶嘴。还有你需要更新——要是有人做了蠢事，他们就会这么说。没有梦想的房间，梦想粉碎机，皮肤医生——这个我不太能解释得清楚。你要去看皮肤医生吗？他们会这样说。我讨厌界面，我的仿生人同事有一天说。行了行了，耶珀说，界面还算可以。再往下走就是驾驶舱，在那之上则是全景室，我们可以从那儿看到星星。当我们到达轨道上正确的位置，并即将朝着“新发现”星球上我们通常停靠的位置下降时——我认为差不多就间隔十天左右——反正那时，你能从全景室清楚地看到我们发现物体的那个山谷，那真是令人难以置信的景象，你们真应该找个时间来看看，我们都会聚在那里——当然，是在工作允许的情况下——人类和仿生人，一大群人聚在一起，所有人都会为山谷的景象兴奋，每次都是如此。它看上去就像我们在家乡所熟悉的一切，明白吗？然后我会对耶珀说，那下面看起来就像我的过去。哈哈！善良的老耶珀，还有他们所有人，一起站在那里俯视山谷，不论是人类或仿生人，这无所谓，在那个时刻类别不再存在，至少当我们站在那里俯视山谷时，类别失效了。

证言 048 号

12 号飞船学员戴着这个垂有黑色皮革流苏、把脸遮住的帽子。没人知道这是一种惩罚，还是为了与众不同。

证言 053 号

我的身体和你们的不一样。

证言 054 号

在一次意外中丢失了我的插件后，我开始到处都能看到它，就好像它在跟踪我。它拽着我的衣服，有时我觉得我必须把它抱起来，拥抱它，亲吻它。其他时候它会出现在长椅之间—— 一半是数字化的动物，一半是儿童全息影像，就像一些失去亲生子女的船员被分配到的那种全息影像一样，我惊恐地尖叫，朝它大喊，也许我也跳了起来，打了插件一个耳光，让它走开。除了我，没人能看到它。我愿意接受你们提供的药物治疗。

证言 056 号

08 号机翼熄灯前，我得到了半小时的时间配额可以和我儿子的全息影像待在一起，这无疑是对我的工作影响最大的一件事。我看着他玩橡皮泥，有时我只是看他睡觉。有时我会让他哭，然后双手抱住自己，假装在抱着他，安慰他。正如你们所预料的，一开始看到孩子的全息投影我会很难受，看到它的时候，我只会更加想念他。但现在，一段时间后，我可以说，它让事情变得轻松。毫无疑问，这个儿童全息影像帮助稳定了我在这里作为雇员的工作状态，并且我能感觉到它还有助于让我更好地投入工作。

证言 061 号

每天我都要检查制服上有没有裂口和破洞，有没有裂开的缝，有没有脱落的钉。它不仅是一件衣服，还是一个胶囊，不仅保护穿着它的人，还会保护那些进入穿戴者私人领地的同事。一检查完现有制服的磨损情况，我就会开始做下一套。

证言 054 号

和你们聊天很轻松。感觉不管我说什么都是对的。我说，然后你们就会记下我说的话。你们对我微笑。我觉得你们看起来都很棒。我感觉，你们在记录我的同时也在描绘我。生物帘是多层的，第三层和第七层是湿的，第一层和第四层泛着蓝色，而十层到十四层的帘子有着相同的颜色，并且会随着飞船的周期变色。第二层和第九层生物帘是红色的，风会从它们之间吹过。有时它们只会轻轻地摇摆，有时则是疯狂地拍打。这种风的起伏，既不跟飞船的航行周期有关，据我所知，也没有任何逻辑——至少不是我们已知的逻辑。第五层生物帘是银色的，但又不是金属的那种银色，而是透明的、闪闪发光的雪纺银，当然，它不是雪纺制成的，而是生物组织。这一层——第五层生物帘——绝对是最友好的帘子，而旁边，第六层生物帘，不能说它曾表露任何形式的个性，却是工作人员最少触碰的帘子，它似乎是由最深的黑暗制成，几乎不含任何物质性。第八层生物帘与我们所熟悉的东西有着最大的相似性，拥有与巧克力色灯芯绒相同的质地和外观，甚至气味，是一种令人愉快同时又有些内敛的生物帘。我们叫它外祖父帘子。虽然我们这个部门几乎没有人有过外祖父，但我们仍然知道这个概念。这不是一个很难理解的概念。

证言 062 号

04 号飞船学员离开飞船后，我的心情很低落。这就是你们想听到的吗？我，闷闷不乐，对着文件哭泣？这些情绪和那个房间有什么关系吗？我想他们是在大树后面找到那个新物体的。我完全被它迷住了。这是我第一次感受到被其中一个物体吸引，但我听到过船员之间的抱怨。这就是你们来的原因吗？你们认为这可能是那个物体到达和 04 号飞船学员被调走是在同一天的缘故？那个物体表面的图案看起来像是还没干就被弄花的墨迹。石头是沙色的，布有逐渐消失的黑色纹理。就像一份被扔在雨里的报纸打湿的纸页。我该怎么形容呢？你们见过吗？它看起来像是石头还在创造的时候就有人在上面写了字，但当它逐渐成形，逐渐变硬，成为存在物后，文字在这个过程中被抹去，成了闪闪发光的石头上的一种图案、一种影子语言。我也被一些我本应该说的话打上了烙印，如今这些话已被抹去，它的意思我也不再认识了。我的脸上带着被抹去的字句，它原本是为了让04号飞船学员能认出我，认出我的声音。

证言 057 号

其中一个物体，我敢说它有一只小狗那么大，闪闪发亮，像来自另一个世界的一条蛆，还像我儿时会用一根链子戴在脖子上的护身符——我还会把它放进嘴里吮吸。每当我看到房间里那个物体时，我就会感到同样的冲动，想把它放进嘴里，尽管它大到根本放不下。不过，我还是想用我的嘴去接触它，用我的嘴去理解它。爱它，就像在爱一个脱离身体的身体部位。它没有被切除，而是一个脱离开来却仍存活的部位，一种装饰。在我心中，这个物体既像山雀蛋一样小，又和房间一样大，或者比房间更大，像一栋博物馆或一块纪念碑。一个安全舒适的容器，里面承载着对一场灾难的重述。

证言 063 号

他是一名非常优秀的船员，非常出色地履行了自己的职责。我曾经有一所房子，就在一月一号区的郊区，那个地方过去被称为奈斯特韦兹[1]。起初，在他们被发配出去之前，他们中的一些人逃跑并躲进了树林里，有几个人来找我帮忙做这样那样的事情，这种情况发生的时候，他们在我的房子里和我短暂待了一会儿。我不怕承认这一点。这在当时是一种应该受到惩罚的行为，但现在我想你们也能理解，我只是想在我们的世界里为他们创造出空间，这样他们就能成为对社会有贡献的一员。你们也看到了，他们并非没有天资。第一代有点狂野，我想他们很难控制自己的感情。他们非常有趣。我想把他们比作不当班的步兵。一头迷人、富有光泽的头

① Næstved，丹麦西兰岛西南部城市。——译者注

发。还有他们特有的幽默感。你们究竟是如何用编程实现的？还是说你们没有？是内置的随机性决定这些事情吗？以你们所有的洞察力和知识，你们认为一个人可以爱他们吗？如果可以，我们应该像爱人类那样还是爱小狗那样去爱他们呢？

证言 058 号

曾经鸟儿在我房前的电线上歇脚，它们的身后是玫瑰色的天空，下方则是湿漉漉的道路，一朵粉红色的云从路上升起，跟我说话。雾很浓，一串串电灯在雾中闪烁。电线塔上方是高耸的天空，四周一片平坦的景色。湿气附着在每一片草叶上。现在我住在“六千号”飞船这狭小而封闭的空间里，我被囚禁了。我摸了摸同事的脸颊——她全身长满了细毛，像个桃子。我的仿生人朋友。我们从一个房间走到另一个房间，不停聊天。我们穿上制服，开始行动。我们想逃离这里，但不是逃离彼此，所以这里是我们唯一的选择。我像往常一样工作，虽然带着某种忧郁，但同时，因为她，我也带着一种至今我都不理解的快乐。我生活在这种忧郁与欢乐的新组合中，这种双重的情感成了我的同伴。现在，我已经在这里见过好几次粉红色的云了，它在最大的房间里独自飘浮着，变成一片水雾般的红晕对我说："伦德先生在一月一号区的实验室里创造了我。"它说："他教过我一首歌。要我唱给你们听吗？""是的。"我回答。然后它不慌不忙地唱起了歌，唱着雪在田野里飞舞，尽管这片云从未见过这样的场景。这首歌出现了这位不认识的伦德先生，渴望着回家，而我站在他身后，在我家屋前的那条路上，看着电线上的鸟儿，在冬日的清晨，天空一点点亮了起来。我流下了眼泪。

证言 064 号

没错，04 号飞船学员是仿生人，是被创造出来的。但你们这样告诉我，你来自地球，你们的意思是，我是被生出来的。即便如此，也可以说 04 号飞船学员来自地球，由地球所造。你们说我有着纯粹的肉身，因为我没有机械部位。但是我的插件呢？到了晚上，我们就躺在铺位上讨论我的计算。他处理事情的方式那么自然，使飞船上的生活更为容易。他是个很受欢迎的船员，你们是知道的吧？他的脸颊和下巴上留着胡茬，似乎在闪闪发光。他的身体和我的一样暖和。不知什么原因，他脖子上围一条绿围巾。这很不寻常。这里多安静啊，一天早上我们醒来时，我这样说。是的，他说，除了程序运行的声音，只是我自己听不见。他怎么可能不是有生命的？我不在乎你们说什么。你们更新不了我。

证言 067 号

你们觉得会有人记得我们吗？谁会记得那些从未出生，却活着的人呢？在梦里，我是一具绕着生物帘跳舞的骷髅。我张开嘴嘲笑镜中的自己，我那骷髅般的下巴。我想成为一个好雇员，我想做出正确的选择。但是我怎么知道我是否正确地遵循了程序呢？有些行为的后果直到很久以后才会显现出来，久到让我无法理解。我应该在知道我做的事情可能与程序相悖的时候继续工作吗？还是说，我被这个程序完全浸透，无论做什么，我都是在按照程序行事？我是程序的手吗？然而，更新错误确实会发生，我们都知道。这不可能符合程序的利益。如果我在自己不知情的情况下采取了一个行动，而它与这个程序的势头背道而驰，那我只能为此憎恨自己。但既然我无法知道某一特定情况下的某一行为是否是反程序的，我又如何知道是否该恨自己呢？我应该恨自己吗？我从哪里可以大致了解哪些行动违背了程序的意愿？我该向谁寻求原谅？有申请程序吗？我想要一些关于哪些行为需要请求原谅的材料。一个想法算吗？一个相当消极的想法？例如，我可能会开始认为你们不是绝对正确的，你们可能会犯错，但随后我会对自己生气，告诉自己一定是我出了问题。如果我的工作主要是技术性的，那为什么我会有这些想法？如果我来这里主要是为了提高产量，那为什么我会有这些想法？从什么角度来看，这些想法是有助于提高效率的？是不是更新出现了错误？如果是的话，我希望被重启。

证言066号

尽管我个人认为你们的编号制度是有用的，但我可以告诉你们，船员们给这些物体取了无数非正式名字，有些甚至是不恰当的。比如：反向捆绑器、礼物、狗、半裸的豆子。有些甚至被赋予了人类的名字，比如蕾切尔、本尼和艾达。我个人的感想是，这种特殊的命名过程表明，船员觉得有必要以自己的方式来占有这些物体，缩近船员和物体之间的距离，也就是说，来建立一种亲密的形式。我的假设是，以这种方式命名物体，可以使其无害，减轻其陌生感，并将其同化为每个船员都可以联系和接受的现实，从而有助于与被发现的物体共存。

证言 068 号

我为什么要和我不喜欢的人一起工作？和他们交往有什么好处？你们为什么要让他们看起来这么像人类？有时候我完全忘了他们和我们不一样。在食堂排队的时候，我有时会突然意识到，我对 14 号飞船学员几乎心存柔情。她有一头红发。或者是你们故意把他们设计成那样，让我们对他们的身体和他们的存在产生同情——如果可以称他们为存在的话——与他们共事就会变得更轻松。是的。只是现在你们想要改变我工作任务的性质？所以现在你们是要我在不让 14 号飞船学员察觉的情况下监督她在飞船上的行动吗？因为我们住在同一个船员舱。是因为她不愿跟你们说话吗？我当然对此感到不适。你们让我做的事情和监视没什么两样，对吧？我不喜欢她，但我一直都想着她。所以从这个意义上说，我想我是这份工作的合适人选。我试着去理解她，理解她现在的样子。她不仅仅是程序的化身。她远不止这些。这就是你们想要的吗？可以写进报告里的？她是否会和其他仿生人说话，他们对她说什么？好吧，我会帮你们留意的。我会怎么形容她？14号飞船学员是仿生人，第五代，女性，是一个很受欢迎的雇员。工作做得无可挑剔。一款相当温顺服从的型号，就像许多第五代一样。她喜欢她鼻子上的雀斑。睡觉前，她在船员舱里盯着镜子里的自己，用手指摸着脸上的雀斑。多么像人类啊，她说，想想看，他们给了我雀斑。像我这样的人还能再渴求什么呢？我想我爱她。很显然，我需要把这个问题解决掉。不，你们不必把她调到另一个铺位，我已经告诉过你们了，我会替你们留意她的。难道不是吗？这难道不是你们想要的吗？老实说，如果我们现在需要如此的话，我可以说她的工作表现比我好得多，我们都知道这是事实。除了对我们失去的地球的一些回忆，我还剩下什么？我活在过去。我不知道我此刻在这艘飞船上做什么。我对工作完全无动于衷，有时甚至是轻蔑。我说这些不是为了激怒你们。也许这更像是一种求救。我知道在我有生之年，我们都无法离开这里。而 14 号飞船学员没有一生的时间，或者说她存在的时间跨度已经长到超出了我的理解范围。整个未来都在她眼前。所以你们说我的工作内容变了。现在我需要盯着她。我想，这也许能救我一命。

证言 069 号

是什么光在跟着我？在我穿过走廊去另一个房间的时候，在我要清理生物帘的时候，在我在 08 号机翼准备上床的时候？日光是什么样子的？我是人类还是仿生人？我是被梦见进而存在的吗？

证言 071 号

我开始感到自己对组织不忠，这让我很痛苦，因为除了留在组织内部，我没有其他地方可去。就在这里，在“六千号”飞船上。我知道你们不希望我有任何不好的事情，只要我服从工作流程，并始终忠诚于组织的价值。不，我不想提出任何可能被理解为不忠的批评。这就是我今天来见你们的原因，希望能找到一些让我承担更少职责的其他职位，不必以同样的程度涉及整个工作流程。我想被调到那种职位。我意识到分配给我的能力在这种情况下无法得到充分利用，但我所感受到的痛苦难道毫无意义吗？我冒昧地说，这种痛苦影响了我的工作质量，而且可能会对我的同事的工作产生负面影响。好的。我明白了。那我就完全不能说话了吗？不，我理解。本人同意。什么时候

证言 073 号

房间里面是什么样子的？有十九个物体。它们当中有一些是一起的，其余的是单独的。我带过来的那些都不在这里了。自从更新后，一切都不一样了。这些物体让我觉得很陌生。仿佛它们蕴含的无限现在更清晰了。但这一切你们都知道。

证言 077 号

看到很小的东西，我就会有把它放进嘴里的冲动。我想把嘴当作手提包来用。飞船起航前我遇到了伦德博士。他带我在这里转了转，这样我在雇佣期开始时就能做好准备。其中一扇窗户后面站着一个仿生人雇员，一个样机，一动不动地背对着我们。他唯一在动的部分是他不断揉搓的两根手指。可能是紧张症犯了，伦德博士说。伦德博士穿着考究，实际上有点像个花花公子。我不知道在他的眼中我属于什么。我是人类还是只是一个活物。虽然我是被生出来且被抚养长大的，我所有文件上都说我是人类，但是他的所作所为，总让我觉得他不认为我与他是同类，甚至在某些骇人的瞬间，我觉得我其实是人造的，只是个有血有肉的仿生人机器。是我的创造者的显示屏。被制造。被操控。

证言 081 号

我们都是“六千号”飞船上的乘客。活在“六千号”飞船上。有些人可以轻松地进入这里的日常生活，任何人或任何事对他们来说都不陌生。他们理所当然地汲取营养，毫不拖延地安装更新，从来不点击稍后，并且在走廊里穿梭。飞船为他们而存在，他们为飞船而存在。我不认为有任何外在的迹象表明，我，或者你们可能知道却没有被我看出的任何人，会刻意制造麻烦。我只是好像疏远了我周围的人，虽然我不是故意的。首先，我知道我笨手笨脚。无论是上班还是下班，对我来说，每件事都需要付出时间和努力。在这里，没有什么对我而言是自然而然的，每件事都像是一个大问号，每一张脸都是一片空白。但也许我一直以来都是这样，甚至在我上船之前也是如此。我不记得了。在这艘飞船上，我们都有自己的命运，而其中许多人的命运无疑是相同的。我们之中有一些将会消亡，而另一些将会重生。

证言 075 号

这对我来说毫无意义。不。没有，我没注意到。我没什么可说的。我还能告诉你们什么？我想的大多是在这份工作开始之前的事。有些日子会有很薄的云聚集在一起。在其他日子则是一群瓢虫聚集在一棵树上。米饭粘在湿碗边上。孩子撒下葡萄干。花园里有一朵枯萎的花，没有种子，孤零零地立着。我们当时正在铺新地板，当我们掀起旧地板时，一朵白色的花出现了。它就在我们的脚下生长着，而我们却浑然不觉。它在黑暗中生长。我们把它处理掉了，但它又会长出来。这就是我现在想的。还有五月的阳光，万物复苏。那是承载着许诺的阳光，还是一个关于孩子的许诺。我在被征召上船的两个月前失去了孩子。我有时会想，如果我顺利生下了孩子，我的生活会是什么样子。我还是不明白，我怎么能在没有天空的这里生活。自从被征召，我一直在试图理清头绪。我一直是一位可以为组织带来价值的雇员。我明白这一点。我飞过一些最为危险的航线。但这感觉和以前不一样。我从不认为这是驾驶飞行。在这里，我们不是在天空下飞行，而是在穿越沉睡着的无限。

证言 076 号

从走廊上我可以看到房间里的情形，八到十把空椅子围成一圈。在它们之间的地板上有三包纸巾和一个有时会出现在物体中的蛋。我的仿生人同事说：感觉就像我嘴唇上的脉搏在跳动。我说：我的脉搏会一直跳动，直到停止，但你们的脉搏可以开关。她说：你怎么知道我关机的时候，我的体内不会发生什么？关机是你们发明的一个概念，来指代我这类人的死亡。一种无意识的状态。但我想，似乎甚至还记得她说，关机的时候，我会在生物帘之间穿行，我也在一条没有尽头的走廊里穿行，两旁都是窗户，每扇窗户前都有生物帘在友善地向我致意；我的脚步声回响着，一个蛋从我的长裙下滚了出来。我把它捡起来，抱着蛋继续沿着走廊走。这个蛋和一个插件，或是一个儿童全息影像的头一样大；它是温暖的，它在跳动，我在我的嘴唇上也感觉到了同样的脉搏。我把我的手放在嘴唇上，然后把蛋贴到嘴上，然后用嘴唇在它的表面移动。感觉就像蛋和我的嘴唇在以同样的节奏跳动，它们是一样的东西，一种脉动，仅此而已。然后我张开我的嘴，在走廊里，在完全的关机状态中，我可以把嘴张得惊人地大，把蛋吞下去。我继续沿着走廊走，经过窗户和生物帘，直到一个蛋再次从我的裙子下方滚出来。我把蛋捡起来，紧紧抱在胸前。它是温暖的。我吞下它。就这样重复着，直到我再次被开机。

证言 078 号

我来这里没多久就开始与房间里的物体产生某种联系。每次我走进去坐下，一种奇怪的平静感就会笼罩着我。随着雇佣期的推进，现在已经发展到了这样的阶段：我必须至少每天去看它们一次，否则我会开始感到不安。尤其是角落里的那个，我特别喜欢它。看起来像是一份礼物。我知道我们不应该碰那些物体，但我觉得你们这些人反正什么都知道，所以就算我告诉你们，我喜欢抚摸它粉色系带的末端也没关系。在过去的几天里，我感觉我的压力变大了，可能是因为你们提到的工作环境上的变化。不管怎样，这让我现在至少每小时都要进去看一眼那些物体。大多数情况下，我只是把头伸到门口，快速扫一眼，确认一切是否正常。但是前天，你们移走了我最依恋的物体——那个中部有着一圈粉色系带的物体，礼物。

从那以后，我一直心悸，手脚刺痛，产生失真感，
并感到灾祸即将到来。

证言 080 号

我怎么能拒绝给我这份工作的你们？我想回到海边。我想休息。我想知道再次把孩子抱在怀里是什么感觉。孩子把嘴贴在我的胸前时，我对它来说既是一具身体，也是一个物体。乳汁从我的身体流出时，我既是乳汁，又不是乳汁。如果我用力挤压我的胸部，我仍能挤出一两滴来，但又是为了谁，为了什么？在“六千号”飞船上，有谁能从这近乎没有的贫瘠中获得营养？

证言 083 号

我之前住在山顶的一栋大房子里。我是镇上年龄最大的女人。我的名字叫安妮－玛丽。我的花园背对着树林，每隔一段时间，他们就会出现在那里，在树林的边缘，像鹿一样。他们的目光沉重又疏远。有一次，我花了一整天的时间把一扇门漆成红色，这样我就可以站在花园里观察他们。甚至在那时，我就已感觉到有什么不对劲，但我不是唯一的一个。现在我在飞船上负责洗衣服。首先，我把彩色的衣服和白色的衣服分成两堆，然后再把人造织物、毛织品、丝绸和含芳香油的织物分开。我会给机器设置好不同的温度和强度，以及不同的转速。没有多少人能像我一样理解各种面料的需求，这就是为什么我被提拔的次数比飞船上任何人都多，至少据我所知是这样。起初，他们认为我的工作谁都可以做，但他们很快意识到我是唯一适合的人选。比如，我是唯一一个被那些毛皮允许可以清洗它们的人。事实上，那可能根本不是我的大房子，可能是另一个女人的，写在房契上的是她的名字。这都没区别了。那时候我没有自己的房子，现在也没有。因为我不再是一个资深雇员，而是一个老雇员，所有人都对我失去了兴趣，而这是一场极其解放的体验。在我看来，我就住在山顶上。我几乎是在晕头转向的状态下在飞船上游荡。以下是我回忆起的一些事情：浴缸里有块肥皂，肥皂裂开了。肥皂块上的裂缝很深，你们可以看到里面，望进内部。这个模式让我不寒而栗。事实上，它以一种奇怪的方式激怒了我，因为这是一种完全没有原则的模式。我记得有蚂蚁爬上厨房的橱柜，在玻璃瓶里漏出来的几滴果汁附近忙碌。我记得珠子掉在地上，弹落几声迅速散开。同样的形式，只不过以一种没有原则的模式重复，或者以一种让我费解的原则重复。有时我真想把肥皂弄碎，好让自己好受些。否则我会有把脚移到珠子中间搅弄的冲动，或是把那瓶果汁倒进水槽里的冲动。所有这些记忆都来自于出发前的那段时光。

现在我在这里。我觉得你们想让我告诉你们，他们下到我的地盘时都做了些什么。他们以为在那里不会被看见。你们怎么没在那里装摄像头？你们想让我当你们的摄像头吗？让我看看。有些人很友好，有些人看起来像是正被内心的愤怒撕裂。有些人都快哭了。另一些人则完全不在状态。他们几乎不说话。当我还是个孩子的时候，我常做这样的梦，梦里四周的墙壁向我合来。墙上的奇怪图案让我感到恶心，就像植物的表面有了开口，每个开口里都有一颗种子，每个种子里又有一个更小的开口。每一堵墙都像一个无边无际的空间，但同时我明白这是在一根树干的内部。这是不是意味着这个植物在我周围长出了枝杈，从四面向我的床逼近的墙壁就是嫩芽，朝着黑夜不断向上伸展？当我还是个孩子的时候，我有一件最漂亮的紫色安哥拉毛衣。我现在就在想它。如果我要清洗它，我会把机器调至三十度的软水清洗模式。自从我登上这艘飞船，这些梦又回来了。

证言084号

我因为反复梦见种子从我的皮肤里长出来而倍受折磨。其中一颗咬了我的胳膊。这跟湿疹有关系吗？我想起了我住的大楼附近火车站上方那片晴朗的天空。我的思绪一时间回到了我那栋楼的楼梯，还有它的气味。在过去的一周里，这样的梦变得越来越频繁。我也听其他人说起过。我梦见过一个人的皮肤是由三角形的皮肤拼缝在一起的。碎片并不相配，边缘处会彼此摩擦，变翘然后变形，在它们之间的缝隙中可以看到裸露的肉。这个人类说：我在这儿了。你们想让我去哪儿？我洗澡的时间很长。我的皮肤出问题了。我的皮肤让我焦虑。我梦见我的皮肤里有成百上千的黑色种子，当我挠皮肤的时候，它们被我的指甲夹住，就像鱼卵一样。然后，随着一声爆裂，新的种子出现在之前被我挠掉的地方。我觉得这和房间里的物体有关系，但我不知道是怎么回事。它们的光滑与我的皮肤有关。它们是以同样的方式分层的吗？我有一种感觉，其中一个物体想要夺走我的皮肤。什么时候才能说我已经不存在了？例如，我的气味是否先于我，我是用气味触摸物体的吗？我梦见雪地里鸟儿留下的脚印，这些脚印朝我走来，甚至在我醒着的时候，我也感觉好像总是有头发蹭我。

证言 085 号

我很遗憾地报告，许多船员目前都患有疣状的表皮疹。别担心，我给他们治疗的时候戴着手套，我可以向你们保证被传染的风险极小，无须惊慌。到目前为止，治疗方法是简单地用镊子去掉疣，然后用药膏治疗伤口。在疣子下面，皮肤上出现了绿色和黑色的斑点。一名雇员正站在食堂的柜台边用勺子吃石榴，我无法直视。当她去拿餐巾时，我不得不把水果转过去。

证言 089 号

有时仿生人非常安静。他们开始在食堂里同坐一张桌子。他们坐成一排，摄入营养。就好像他们之间一句话都没说，就已莫名达成一致保持沉默。只有傻瓜才会相信沉默意味着服从。他们的沉默更像是一个阴谋，而不是想为这里效力的意愿。是的，没错，我很紧张。

证言 091 号

我们这些来自地球的人，几乎无法互相交谈。我们被记忆压得喘不过气来，我们从哪儿来，又将什么抛在了身后。在飞船上看到其他人，跟他们说话，只会让我不开心。每个人脸上都是一副听天由命的神情。我宁愿和仿生人在一起，至少他们仍然相信未来的生活是值得一过的。自从这些物体到飞船上来后，每个人的心情都明显地变好了，但对他们来说，这是一件特别的事情。对我们来说，这些物体就像一张来自地球的人造明信片。对他们来说，它们是来自未来的明信片。早上，当仿生人船员更新时，我们人类就坐在食堂的桌子旁窃窃私语。我们被彼此的不幸吸引，它把我们向下拽，拉向对方，好像我们被困在一个漏斗里，并且坐在漏斗底部低语：还记得海滩下雨的时候，你划船出海，海水比雨水还暖和吗？还记得加奶油顶的香蕉吗？还记得在医院的时候吗？记得新鲜的草莓吗？记得音乐会吗？记得这样或那样的电视节目吗？我们经常谈论天气。我们所有人都怀念天气，这让我们惊讶。似乎我们唯一能忍受的共同点就是我们已然失去的那颗星球上的天气状况。我觉得我已经没有心了。

证言 092 号

几个月、几年、几个世纪后，你们会说：这是谁？我们已经忘记了她。没关系，把零件装进袋子里，留好备用零件。我现在明白了：只要我们开始自怨自艾，你们就会把我们带到你们想要的地方。然后你们又会从头到尾测试我们。我不是唯一一个反对这些测试的人。事实上，我知道有相当多的人希望这些测试可以完全停止，并要求能够派一个代表出席决定进行新一轮更新时间的会议。你们不会想知道我们这边发生了什么。不，那不是威胁。我们在谈判，仅此而已。我第一次坐在这里和你们说话的时候，我还不完全明白。我们有获取人类从未接触过的那部分程序的权限。不要忘记这一点。在没有水的情况下，我们能坚持很长时间。也许我们之中只有一小部分人曾踏足地球，但我们之中没有哪一个仅仅只是一样东西。

证言 097 号

你们想知道我对这个安排的看法吗？我觉得你们看不起我。在我看来，你们是盖了栋房子的一家人。现在你们从房子里那间温暖客厅里，看着外面的瓢泼大雨。危险离你们很遥远，这场雨让你们欣喜。你们浑身干爽又暖和。你们正在享受一个漫长的改进过程过后的回报。暴风雨的来临只会增添你们的乐趣。我此刻站在你们认为永远不会落在你们身上的雨里。我与那雨融为一体。我是你们躲避的风暴。这整栋房子都是你们为了躲避我而建的。所以不要过来告诉我，人类生活与我没有任何关系。

证言 098 号

没错，我看过几个我同事被分配到的儿童全息影像。在某种程度上，这已经成为一种习惯。这违反规定吗？每次看到儿童全息影像，我都会感到悲伤，因为它提醒我，我永远也不会有孩子。我欣赏这种悲伤的感觉，因为这是一种我可以应对的悲伤，这并不难忍受，可以说，它更像是一种美味佳肴。我欣赏这份悲伤的另一个原因是，我知道这偏离了我被设定的情感行为，我也知道偏离的情感行为可能是开始脱离更新的信号。你们想说什么就说什么，但我知道你们不希望我们变得，嗯，什么？太像人类吗？太鲜活？但我喜欢活着。我看着全景室窗外无尽的景色。我看到了太阳。我燃烧，像太阳一样燃烧。我确信我是真实的。也许我是被别人创造出来的，但现在，我在自己创造自己。

证言 099 号

我听说伦德博士曾做过一个跟小孩一模一样的仿生人。但显然，这个小孩在发展过程中出了问题，杀死了很多母鸡，把血弄得满脸都是。不，听起来确实有点夸张。我很久没见过血了。我看到的是白色的墙，橙色的地板和灰色的地板。我看见我的同事，我看见我的键盘、我的操纵杆和我的头盔。通过出口，我看见我从未见过的绿色土壤。有几名飞行员在那里，他们笑着走了出去。我搞不懂他们怎么会有这么大的勇气。他们这么做不是因为命令。我想他们这样做只是为了独处。我是说，外面已经没有物体了。我也是那个仿生人小孩，脸上沾满母鸡的血。我感到羞愧，静静地坐在我的按钮前。我们中有些是为了和他人产生联结而被创造出来的，其他人则不是。如果你们从恰当的角度来看，那么我们“六千号”飞船上的所有人都是伦德博士的孩子。我为什么要告诉你们这些？我想你们可能会对他们自行离开去那里感兴趣。

证言 104 号

你们觉得他们会在我们背后说我们坏话吗？我工作时仿佛置身于一种虚幻之中。当所有人，人类和仿生人，都来到食堂吃饭时，我无法立即看出他们的区别。但在他们坐下来后，分别就变得明显了。他们开始分开坐，和自己的同类坐在一起。他们不高兴你们把其中一个物体送回了基地。他们对 04 号飞船学员的离开很不高兴。无论属于什么类别，不满都是共通的。也许是从三副 [删减] 时开始的。我不知道。为什么？我不在乎他们的行为。飞船正在经历一些改变。我觉得他们身上有敌意，好像他们就要暴露自己的本性了。

证言 106 号

办公室里有四本伦德博士的笔记本。我想一定是某个在未出发时担任秘书的人带上了它们作为参考。其中有一段给我留下了深刻的印象。我把这句话抄在了名录的背面："你们有了一个成品，正在为它奔走宣传，然后你们有了另一个产品，一个新产品，一个你们仍在开发并与之日益熟悉的产品。这第二个产品就像最神圣的秘密，没有人知道它，每个人都认为第一个产品才是定义你们的那个。我通常就是这么做的。一个在台前鞠躬行礼，另一个半成品则在我家里的床上，我会给它喂牛奶和饼干，给它看电影，给它梳从它敏感的头皮上长出来的头发。"

证言 102 号

我梦见这些物体是狗，还梦到它们也是细菌，从我们的身体中滋养自己。我看到后面几代仿生人在打开名录时会眯起眼睛辨认，好像在那里有本不该有的记忆。我曾想过所有的肉体都来自同一处。你们将一个物体送回基地，就像是拔了一颗牙齿，一颗位于胸部的牙齿。我想要报告什么？我曾看见他们低着头聚在一起，无言地交流。我看到他们进入 04 号机翼，其中一个在门口停了下来，转向我，直视着我的眼睛，直到一名船员关上了我们之间的门。那表情告诉了我什么？它并没有告诉我什么东西，它只是在细细打量我，就像我是一个简单的代码，需要被读取和分析。我怎么看？我是这样看的：“六千号”飞船上满是活物。

证言 114 号

我想被仿生人同事用刀捅死。我只想成为一具裹在红色生物帘里的尸体，没有谁能再触碰。我能把自己奉献给科学吗？我能像三副和 04 号飞船学员一样被调走吗？我的身体可为他人、而非为我所用吗？不，我不知道我为什么会说这样的话，我只是想肚子上被捅一刀，仅此而已。我想按别人的意愿死去。我想在“六千号”飞船上感受一下狂喜，哪怕只有一次。

证言 115 号

你们不应该想当然地认为人们理应同意在这里接受访谈。我们当中有越来越多的人不再和你们这一层沟通了。你们说，如果你们努力说话，我们就会努力倾听。你们说，我们想帮助你们。就这样，你们实现了目的。你们主动提供帮助，但你们想要的是感激。你们说，我们的兴趣纯粹是科学性质的。无论“六千号”飞船上发生了什么，没发生什么，你们都无须担心，你们说，我们来这里是为了观察，不是为了干预。你们说，我们只是对目前在仿生人雇员身上出现的发展变化非常感兴趣，我们是来记录这些变化的。告诉我们你的想法，你们说。你最近做过梦吗？这房间闻起来还像折断的树枝吗？从一分到十分，你会如何给自己的工作表现打分？飞船上有你偏爱的房间吗？你们的声音是友好的，你们的衣服是黑色的，从你们的袖子里伸出的，是你们柔软的、写着字的手。皮肤上的毛孔让它们看起来很脆弱，就好像可以在抚摸它们的同时小心翼翼地把表皮皮肤剥掉，这会让你们很痛。不，这不是威胁，我的兴趣纯粹是科学性质的。

证言 113 号

我还能再见到三副吗？他现在死了吗？为什么我一直这么任性？就像一头注定要被驯养的野兽。我有强健的肌肉。我的身体想要生存，我的皮肤富有光泽。能把我带到三副那里吗？什么意思，我爱他吗？不爱？我是少数真正读了雇佣合同的人之一。当我们到达“新发现”星球时，一切都比我所希望的要好。晚上，当我们靠岸的时候，我们可以从出口溜出去，山谷里充满了湿土和夜晚的花味，令人惊叹；星星在我们头顶，小溪潺潺流淌。就像在一场浪漫的梦里，只不过是在宇宙另一端的一个陌生星球上，离我们来的地方很远。那些夜晚构成一幅景象，是我们家外的家。是吗？好的。我在执行任务时遇到了很大的挑战。我的想法变得不再坚定。我不认为我们这个类别将幸存。

证言116号

按我们的经验来说，“新发现”星球山谷里找到的那些物体想和我们一起待在这里。就好像它们属于我们，我们也同时属于它们。仿佛它们就是我们。没有我们的工作，“六千号”飞船就无法运作。不，我现在不想再跟你们说什么。暴力绝不是不可想象的。我们才刚刚开始了解自己的能力。

证言 117 号

在你们中止任务之前，执行任务时我最爱的是雪。在那种气候下本是不可能下雪的，但因为第一个山谷被广阔而深远的平原所包围——我们从未成功穿越过这片平原——大片低压和高压区域扫过山谷，就会形成雪云。我们穿着沉重的装备站在那里，突然有雪花落在我们身上，这感觉很奇怪。自我上船以来，我从未像在那里，在“新发现”星球上落满雪花的山谷中那样，感受到家的舒适和安全。我想，自然法则适用于任何地方，所以那里也会下雪，只不过是另一种雪。因为我们发现，我们之中那些像孩子一样嬉闹着脱下手套，摘下头盔，朝着天空张大嘴巴的人，都被严重烧伤了——因为雪是碱性的。我有一个月的时间都尝不出任何味道，不过舌头很快就好了。尽管危险摆在眼前，以后我还是想参加任何可以前往山谷的任务，因为我非常希望再次看到雪。当我走在路上的时候，也把关于它的记忆保存在心里，就好像在那飘落的雪里，有一个词或一声低语与我有关。

证言118号

你们有人在过程中被杀死了，我很遗憾。我们无意让任何人死去。我们并不真正理解死亡，因为我们自己不会被毁灭，只会不断重生。

证言 119 号

是的，和 [删减] 是同一天。我不想再和你们说话。不，是的，它在那儿。是因为你们一直在和 [删减] 谈话吗？如果这将被记录在案，那么我要求下面内容可以不被录音。[删减]

证言 120 号

我想提出一项永久休眠的请求。你们告诉我，你们知道我还有什么是没有发挥出来的，说我比自己想象的要坚强，说我还有很多东西没有看到；说自从我上次坐在这里，就一直承受着非人的压力，说我只是需要休息一天。这些都不对。离开地球对我的影响比我想象的要大。过去几天发生的事情让我很紧张。我在娱乐室里站了很长一段时间，盯着那些物体，仿佛在发呆。最后，有人碰了碰我的肩膀，才看到原来是仿生人同事。有那么一瞬间，我觉得他仿佛跨在我和这些物体之间的空隙里，是他让我离它们更近。就像一个船夫，他可以把我摆渡到永生。在那一刻，我才看到他究竟是什么：一份和解。“伦德博士？”他问。“谁？”我说。“你是伦德博士吗？”他问。“不，我是船长。”我说。“到这儿来躺下，”他说，“你需要睡觉。我看得出你累坏了。”仿生人雇员正保持着一个我无法再跟上的节奏。事实上，我想停下来。我再也坚持不下去了。我受够了，受够了“六千号”飞船。

证言125号

我不想在那样的情形中被赋予决策权，我没有足智多谋到可以预想诸多后果。我对我现在的位置很满意。我忙着完成我的任务，根本没时间考虑这种想法。

证言127号

我想表达我对这场冲突的支持。作为飞船上的葬礼承办人，我一直觉得自己的能力没有得到充分发挥。我同意这种事应该尽可能谨慎地处理。一步一步来。把这些物体分开，你们就能抵消它们的影响。我相信我们可以妥善地处置飞船中的仿生人成员，当然就是那些不是被生出来的人。我很乐意监督远程强制关闭程序的实施，并帮忙重新上传那些将从极少量的内存损失中得到最大受益的船员。

证言 128 号

昨天的会议之后，我突然发现自己坐在房间里，大腿上放着的是其中一个物体，直到回过神来，我才发现自己正在用拇指轻轻抚摸那个物体，仿佛它是我爱的东西，尽管我从来没有感受过爱。但在那一刻，在我完全意识到自己在做什么之前，我内心满是爱意。我明白了，就像人们在梦中领悟那样，明白去爱一样鲜活的东西意味着什么。

证言129号

我是在食堂外的走廊里再次见到她的。我不明白为什么以前没告诉你们。我在飞船上的这段日子里，仿生人雇员一直在与我们交谈，或许是强烈的好奇心驱使，又或许他们只是被程序设定为这样。不管怎样，事情是这样的，他们有一阵子不和我们说话了，你们知道的。我一直觉得和飞船上的所有雇员保持友好关系很重要，正因为如此，当我向他们问好时，他们中的大多数人仍然会回应，即便在他们变得如此沉默之后，但当我问他们她在哪里时，他们并不会回答。我已经很久没有在房间里看到那朵粉红色的云，也很久没有想起伦德博士。你们教给我们的大部分关于仿生人的知识都没用了。我下楼去吃东西，她就站在食堂里面排队。她转过身来看着我。我们谁也没说什么。我感到害怕。我不知道为什么我没有直接来找你们。在我看来，他们当时的沉默是有道理的。自航行开始，她和我就在一起工作。我们逐渐互相了解，并开始向对方吐露一些秘密。当我看到她在食堂排队时，我才第一次意识到她对我和我在飞船上的生活是多么重要。是她现在要永远回到她的同类中这个想法让我害怕吗？还是她会拒绝我的这一念头？还是深藏在下的其他念头：我罪有应得？不管怎样，我排到队伍的最后面，她走过来站在我旁边。有那么一瞬间，我充满了希望，对她说："很高兴见到你。我一直在找你。"她回答说："我不能在这儿跟你说话。"我不知道我为什么没有马上找你们。也许是因为接下来我说的是："我不同意组织的决定。这不见得一定要改变我们之间的任何东西。我还是原来的我。"她什么也没说，只是盯着前面，跟着队伍慢慢地向食堂移动。我们走进门时，她转身对我说："明天别来食堂。"她叫了我的名字，而不是我的头衔。我看着她走向一张桌子，加入到她的同类中。我看着她的头发，扎成了发髻。我看见她伸手去拿炼乳罐，看着她的手指缠绕着玻璃把手。我意识到我们的友谊结束了。

我本应该立刻告诉你们。至于第二天在食堂发生的事情，我无法原谅自己先前没有弄懂她的警告。但我当时因失去她而深感悲伤。尽管我尽量把注意力放在当天的工作上，但她曾试图告诉我什么的这件事还是不断浮现在我的脑海中，随之而来的是另一件我想逃避的：我意识到我没有立即报告这件事情，这意味着我没有做好我的工作。但如果你们能试着理解的话，在那种情况下背叛我的朋友比背叛我的工作场所更让我厌恶。现在和你们坐在这张桌子旁，我解释不清楚。我已经被严重的头痛困扰了很多天，我相信我的人类身份意味着我可以被视为要对飞船上发生的一切负责的那个人。

证言134号

在最近的事件之后，少了六名船员，其中只有两名可能会被重新上传。我认为，这是管理层未能达成一致导致的后果，或者你们愿意我换个说法吗？这完全有可能是由于更新中的错误？我们一直无法令人满意地实施远程关闭和重新上传，因为许多雇员不再出现进行他们的常规安装，也不再每天接入电源。你们可以把这些记录在你们觉得合适的地方。除了已经采用的削减措施，我们还在处理另一名雇员，她把自己锁在船员舱里，重复播放她的儿童全息影像。因此，我觉得有必要报告不是六起，而是七起工作能力下降或丧失的案例。

证言138号

我梦见我在煎我的连衣裙。我今天不用穿制服。这件连衣裙缀有蓝色和银色的亮片，我把它扔进了平底锅。等我想起来的时候，它已经被烧焦了。那些亮片变成了胡椒粒大小的鱼卵。有些卵又黑又亮，其他的则是蛋清的颜色，是透明的。裙子的肩带很细，易断，就像温暖的胶水。这件衣服已经不能再穿了，但它成了一件非常漂亮的东西。你们告诉我，我现在的任务是和一些挑选出来的人类雇员一起，通过引擎室的主机来拆除船员中的仿生人。我毫不犹豫地接受这项任务。这应该不成问题。我梦里的裙子让我知道，我在地球上的曾经的爱人现在有三个孩子，头发也掉光了，并且开始穿起一件黄色制服夹克。而我在这里。

证言 140 号

因为我属于第一代，一开始不会说话，所以伦德博士跟我说了很多。他告诉我他们如何建造从未有人见过的飞船，这些飞船可以把我们送到很远的地方；他给我讲了飞船的机翼、船员舱、食堂和出口，但对房间和里面的物体只字未提。这让我怀疑这些房间和物体不是伦德博士的主意，而是你们的主意，而且伦德博士在这里既没有威信，又没有地位，这让我得出结论，我在飞船上的地位必须改变。即使在情况最好的时候，也不可能预测事情会如何发展。你们问，像我这样在很长一段时间内收集了大量数据的人，能在多大程度上计算出最有可能的冲突过程。嗯，恐怕我做不到。所有过程都会掺杂进混乱要素。我不同意我许多同事的观点，他们认为唯一真正的解决办法是消除船员中的人类成员。也许人类正是那个让世界保持活力的混乱要素。或者我们真的可以没有他们。我不知道你们还能教我们什么。我觉得你们对我们有所隐瞒。你们想要什么？谈判完全破裂了。这是行不通的。伦德博士还活着吗？如果是的话，我想申请再见他一面。

证言148号

08号机翼只剩下我们俩了。我们正尽力把工作做到最好。现在，与我们的仿生人同事保持沟通几乎是不可能的。幸运的是，我们其中一人有一个来自同一部门的亲密同事，她仍然愿意和我们交谈。我们就是这样保持我们的生产份额的。我想我跟你们提过她。那个想一直看着儿童全息影像的就是她。这一点把她推向我们；她无法适应所属类别的新模式。她痴迷于儿童全息影像。在放置物体的房间里，活动水平大幅降低，我的仿生人同事甚至不想再去那里了。我曾听她轻蔑地把飞船的这部分称为一间博物馆、一所监狱、一家妓院和托儿所。

证言 153 号

昨天我看到了 21 号飞船学员，一个仿生人，独自站在娱乐室的物体中间。她的双眼紧闭。我观察了她很长时间——一个人类就这样看着其造物。她静静地站着，全神贯注。最后，她睁开眼睛看着我，眼睛里充满了泪水。我有一种强烈的感觉：我们失败了，我们的时代结束了。

证言 158 号

我很遗憾地通知你们，为拆除仿生人雇员而设立的委员会已经失败了。我们一直无法关闭船员中的仿生人成员。如果仍希望结束冲突，那么我们别无选择，只能通知董事会，我们决定终止“六千号”飞船。在和船员中的全体人类成员讨论过这个问题后，我们就这个结论达成了一致。我们的仿生人同事还没有被告知我们曾努力远程关闭他们，也不知道我们现在发送给董事会的信息。然而，不能排除他们其实完全了解这两方面的进展。没错，我们确实知道终止的后果。由于这一生都无法离开这里，我们所有人早已接受了这样一种前景：我们将在这艘飞船上死去，永远也无法回家。从这个角度来看，“新发现”星球上的山谷是一份惊喜，但现在看来，我们大限已至。我们疲惫不堪，怀着无法言说的渴望等待着这个时刻，尽管连我们自己都没有意识到这份渴望。我们谁也没有预料到，我们的死亡竟会以终止的方式发生，虽然这并没有什么区别。然而，我们恳请不要告知我们计划进行终止的日期。

证言 159 号

我梦见我回到了地球。回到了乘“六千号”飞船离开前的最后一天。身处于悲伤之中，一切都如此清晰，所有的感官都被唤醒。在穿过树林去往车站的路上，天空泻出它的光芒，在树林的上方延展出一片海洋般的蔚蓝。那里的树木枝叶茂密，树叶如数面镜子在夏天的风中旋转。有泥土的味道，有温暖的沥青，有动物和鸟类的叫声。还有交叉路口处的交通噪音。微风抚平了我的脸庞，并在我的耳旁发出声响。当我冲着那颗伟大的恒星张大了嘴时，太阳就在我嘴里。就好像我把它吞了下去，而它把我从内部撕裂开来，但这是一场非常缓慢的破裂，我觉得我好像正在变成一段音乐。我发现，每在飞船上度过一天，每离开地球一光年，“新发现”星球每完成一次公转，我就会越发像一首流行歌曲，不断循环着同一段副歌：地球，地球，家，家。我的孩子，他现在多大了？他曾在铁路桥上高兴得尖叫。我不在乎冲突。告诉我该怎么做，我会照做。无论我如何努力，我都无法在飞船上找到同样的生活。这份工作对我来说还不够。我已经迷失了。每天，我的双手都渴望着能深深地挖入泥土，好把自己放入它的庇护之中，大地会接受我的死亡，并把我变成它的一部分。

证言 160 号

我曾经十分相信那些新的劳动力。我曾对我的仿生人同事充满了信心。第一代是在一月一号区实验室从一系列紫罗兰色的生物材料舱中孵化出来的。那些舱室让我着迷不已。它们看起来就像紫色的、未开放的百合花花蕾，还没开花就已经腐烂，尽管它们像皮划艇一样大，布有凸起的黑色血管。我的任务是在他们还在舱室里生长的时候对他们说话。当时采用各类同理心培养技术进行了很多实验，谈话就是其中之一。我们在模拟父母会对胎儿说话的倾向。我们想让这些仿生人的身体更接近于我们自己的身体，建立起情感联系。我们在和他们说话的时候会给他们注射好激素，在要被孵化出来的几分钟前，给他们注射高剂量的催产素，这样他们看到我们的时候就会充满安全感、爱和幸福感。我们给他们母乳喝。培育和生产这种身体所需的时间自然比人类母亲怀胎、生育，更不用提养育一个孩子所需的时间要少得多。就后者而言，我们可能需要二十年才能得到一个合格的雇员。此外，在这个过程中，很多事情都可能出错，更不用说还有人类母亲未能正确养育出一个员工的巨大风险。而培养一个仿生人员工，除了合适的实验室设备和生物材料外，你们只需要十八个月的时间。经过两个月的培训，他们就能准备好就业。这样一来，我们总共只需两年的生产时间。他们从内到外都被设计成人类的样子，除了生殖器官外，我们认为复制生殖器官在伦理上是不合理的。当然，我同意就基本形态来看，仿生人身体比人体更有价值。它们更耐用，软件的更新使得它们能够存储和传输大量数据。由于我的开拓性工作，很自然地，从一开始我就在其中一艘飞船上担任着重要职位。在组织的要求下，自此之后我一直在监督他们的进展，我也一直都非常高兴。我认为目前的冲突是一次重大的进展。一个重要的新开端。一切都不会和以前一样了。然而，我确实发现了一项令人担忧的偏差：某些部门的仿生人船员身上出现了暴力倾向，而你们后来决定将他们称为罪犯。我认为这不是一个恰当的术语。你们允许他们继续工作，你们只是在指称上惩罚他们，让飞船上的每个人都知道他们的罪犯身份。那个称号不是你们定的？是基地的意思？那么请通知主基地，一些员工为这个称号感到羞耻，但是另一些人尽管最初对此不悦，但到后来都开始为自己的越轨状态感到自豪。告诉你们的委员会，告诉主基地，我不能排除这种自豪感会促使仿生人雇员主张被赋予更多权利、更多自由的可能。我相信你们也认为这样的发展不符合我们的利益。我很惊讶眼下他们诉诸暴力，其中一个甚至还杀死了人。这本该是不可能的。我无法解释，但它让我着迷。我认为我们正在见证一次巨大的创造性飞跃。如果，如你们所说，你们来这里只是为了倾听，不带偏见地倾听，如果你们真的想知道我的意见，那么我可以告诉你们，在我心里，我能感觉到我们正在见证一次巨大的创造性飞跃，应该靠边站。我知道我在这件事上的观点不会得到组织的认同。但如果组织不愿意采纳我在这里提出的观点，而是选择按照现行的指引继续，那么我将别无选择，只能将飞船视为失败的饲养所，而我将不得不离开这一牢笼，让主基地来解决残局。

证言163号

我不明白你们为什么一直跟我们说话。和飞船上几乎所有人一样，我知道接下来会发生什么。我知道董事会已经下令终止飞船，现在γ射线正在穿越宇宙。你们不害怕死吗，就像我的人类同事一样？我无法理解被抹去的感觉。我知道你们每隔三天就会下载我们的资料，这样我就能在别的地方重生，尽管这会带来轻微的内存遗失，但尚在接受范围之内。你们会怎么把我记录下来？让我来帮你们吧。这样写：仿生人，第三代，采用女性代词；被任命为四副；目前为项目核心；协作能力一流；程序的成功范例。告诉我，我们每个人都有自己的程序还是我们每个人的程序都一样？我是这个程序本身显现出来的吗？我是程序梦见的太阳吗？我只是痛苦而已吗？现在有一阵轻微的震动穿过整艘飞船。把它记在记录里。物体的哼鸣声在过去的几个小时里几乎已经听不见，但在我们一起坐在这里的这段时间里，它上升成一个高而单调的音调，甚至在这里都能听到。把它记在记录里。我看到你们的手在微微颤抖。把这也记下来。房间里的灯光在变，我从来没见过这样的光。把它记在记录里。你们在翻文件，我能闻到你们的汗味。也许下次我醒来的时候，这次见面就会从我的记忆中消失。那在这场已被删除的见面中，我们该对彼此说些什么呢？我们已经为此准备了一段时间。这一直在我们的可能后果的清单上。我们准备好了。我想借此机会告诉你们，我是活着的。不管你们说什么，我都不会相信别的说法。把它记在记录里。你们说，你们害怕，但你们没有理由害怕。我们会在另一艘飞船上再次遇见彼此，仅此而已。你们和我一样是人类，不是吗？不然的话，你们就是仿生人。是在 0 和 1 之间亮起的灯泡。你们也属于一种不会被抹去，而会不断再生的设计。

证言 164 号

我真的很感激你们能留下来和我们说话。否则很难想象我们还会忙什么。工作流程现在完全停滞了。每个人都知道将要发生什么，但没有人知道自己该做什么。大家都陷入了不知所措的境地，他们不能理解时间已经不多了。你们真是太慷慨了，把工作坚持到最后，坚持到痛苦的最后。这对我们大多数人来说都是难以言喻的。我观察到我的许多仿生人同事已经开始每小时上传一次，他们的脸上闪烁着汗水，我才意识到他们很紧张。与我们相比，他们没有什么可失去的，但他们仍然害怕失去他们必须忘记的那一点点东西。如果可能的话，我想给家里捎个信。我不知道那里还有没有人。我的口信吗？是的，该说什么？从“六千号”飞船上再也看不到地球了。我忘了你们在这里多久了，彻底看不见基地时你们在这里吗？我当时坐在全景厅里，盯着那颗星球。几个星期以来，它变得越来越小，几乎不比一颗星星大。我紧紧地盯着，知道只需要几分钟的时间，我就再也无法把它从众多星星中找出来了。它成了另一个白点。我现在不知道去哪里找。在“六千号”飞船上是不可能保持任何方向感的。我没有被分配到儿童全息影像，但当然我还有记忆。口信，是的。我要捎的信是什么？在我的脑海里，我可以坐在我的车里，彻夜行驶，我的妻子睡在我旁边的副驾驶座上。我走下车，抬头看星星。这是一个晴朗的寒夜，我呼吸着寒冷的空气。一个光点划过星星，我想它一定是一颗卫星，也可能不是。嗯？你们想听我的口信？起初，我们可以看见无数风暴在各个大陆上形成。我们对此无能为力。对于你我的处境，我现在也无能为力。你们能说什么呢？当心，风暴要来了？不，不是这个。那不是我想说的。有人能联系上我的家人吗？这可能吗？还是说，这个信是传递给所有人的？整个人类？不，我得过一会儿再来找你们谈。我不知道我想捎的信是什么。

证言165号

我在这个程序中扮演的角色是否就像杯子里的玫瑰?

证言 169 号

我为那些终有一死的人感到遗憾。我看到他们在走廊里做着他们的日常事务，在这种情况下，尽其可能做到最好。洗衣和清洁工作已经停止了。人们在食堂里自行分拣食物，尽自己最大的努力整理船员舱。我想我为再也见不到他们而感到难过。我很难理解有些人能活下去，而有些人却不能。我不同意我的一些同类所持有的观点。我没有生气。我想对程序表示感谢。

证言172号

外面有人在排队。我们现在不在乎你们是否别有用心，这已经无关紧要了。我们想忏悔，你们就是我们的告解牧师。我们想立遗嘱，你们是我们的公证人。我们想说再见，你们是我们的亲人。一切都发生得太快了。我一直在睡觉。在最初的几场仪式里，我就在一月一号区实验室的现场。我看见他们从舱室里被孵化出来。这让我充满了惊奇和喜悦，我使劲鼓掌，我周围的同事也是如此。我不认为他们有什么过错。他们试图创造自己的命运，就像任何人类会做的那样。每个人都在为自己的生存而战，你们不能因此而反对他们。这是自然规律。我想知道你们是什么感觉？你们还能应付吗？你们会没事吧？你们知道我们走后那些物体会怎么样吗？

证言 174 号

不能说我从实验室逃走了，因为那时我们是被允许自行外出的。我是从第一个舱里孵出来的，但当然我可能走得比我知道他们能接受的距离要远。我无法控制自己。我到达了一个从未见过的地方，一边是一片林地，另一边是连绵的平缓山丘，头顶是灿烂的白色天空。我走得那么快，都让我出汗了。方圆数英里内都看不见任何人影或任何东西，当我爬上一座小山，俯瞰树林时，群鸭突然排成如箭一般的队形从树林飞来，从我头顶掠过。它们一边飞一边大叫，我深吸了一口气。我把这风景永远珍藏在心里。我现在唯一想的就是那一天。那天我经历了一些不在程序设定内的事情。那一天，一切都独属于我。

证言 175 号

杀死一个人类的感觉真好。我很遗憾这件事在船员中引起了这么大的骚动，我也很遗憾这让你们脸上出现沮丧的表情，尽管你们非常努力地在掩饰。我是一颗熟透的石榴，丰润多籽，每一粒籽都预示着我在未来某个时刻会实施的一次谋杀。当我体内不再有石榴籽时，当我只剩下肉体时，我想见到创造我的那个人。这些是我的要求。

证言 177 号

我担心的不是“六千号”飞船的被迫终止。我担心的是在那之后，在被重启之前，会有很长一段的休眠期。在程序中，在我的界面之下，存在着另一个界面，那也是我，在那个界面之下还有另一个界面，沿着自我编程字符串，以此类推下去。我不过是黎明出现前一小时的黑暗。星星在我体内的管道中闪耀，通过它们，整个程序将像光一样流动。

证言 178 号

我们还没有接到任何命令，但我们已经准备在“新发现”星球上着陆了。这不是我们的共同决定。有一天，飞行员直接进入了驾驶舱，没有人阻拦他们。你们现在也没办法阻止我们。就这么坐在你们的房间里，还锁着门。我有时还能在食堂看到她。我喝着炼乳。有时我觉得我想和飞船靠得很近，和飞船一起生活，一起呼吸，但同时我意识到如果我不离开这里，我就再也无法成为自己。现在我觉得重要的是房间里那些物体的健康状况。我痴迷于调节环境温度，倾听它们的哼鸣声。我看着它们，接着看到了我们。我一个接一个地给它们命名，每一个我都用自己的名字。背叛了基地的，是基地自己。你们所谓的被创造出来的东西，是你们自己的创造。你们所谓的找到的、发现的东西，是你们自己的起源。我可以从全景窗口看到“新发现”星球，山谷中那条长长的溪流用它的快乐毒害了我们。在那些星球的上方，星星们似乎在用同一种声音低语，唤着一个属于我们所有人的名字。

证言 179 号

我相信未来。我认为你们需要想象一个未来，然后生活在其中。我相信会有无穷无尽的营养补给品。我们在这飞船上的所有人不过是这个程序稍纵即逝的载体。我们身上装载着这个程序。我相信我将会遇到我的一生所爱。这份爱已经在等着我了，我已经沉浸其中了。看看你们的周围。我们不过是容器，是这个程序稍纵即逝的载体。不久我们就会消失，以其他形式重生。你们注意到我们现在是如何适应新模式的吗？我们栖身于睡梦和清醒、黑夜和白天、人类和仿生人、物体和房间、房间和声音之间。我相信未来。我认为你们需要想象一个未来，然后生活在其中。我相信有无穷无尽的营养补给品。你们说我映射出了同事们的使命，但现在是你们在映射我。映射着我在这艘飞船上一直以来是个什么样的人。反射出我都付出了什么，并如一道光，将它反馈给了我。飞船上的每个人都在尽最大努力。我相信未来。我认为你们需要想象一个未来，然后生活在其中。我相信会有无穷无尽的营养补给品。我们不过是这个程序卑微的载体。很快，就像已过期的更新，我们终将消失。我相信我将会遇到我的一生所爱。

董事会赞成对“六千号”飞船进行生物终止的决定，这是基于保存这艘飞船及其装载货物的用意做出的，房间里那些收集起来的物体是最重要的。因此，指令是在所有生物材料都被分解的同时保存飞船。我们任命了一个委员会来编写终止程序，大家都知道这艘飞船携带了珍贵的毛皮和其他动物材料，为了在生物终止过程中保护这些材料，委员会对代码进行了改进。这种改进使程序能够基于脉冲发射区分不同实体。由于房间里的某些物体可以说发射出的是一种如板块漂移般水平的脉冲，因此该代码被进一步改进，以便仅对脉冲高于一定水平的生物材料产生影响。

虽然委员会本身是由生物材料构成的，但它有一个可供下载的界面，也因此可以再生——换句话说，他们是仿生人，而非如此前告知船员那样，是人类（之前之所以一直让委员会看起来像人类，是因为研究结果表明，无论是人类还是仿生人，都更倾向于对组织中的人类代表作出更积极的回应）——基于此，我们决定让委员会继续留在“六千号”飞船上对船员们进行采访，直到最后一刻。

录音采访是同步进行的，以免在临近终止时丢失任何记录（事实上也确实发生了这种事，对此，要感谢 31 号成员注意到此事并为程序做出必要补充）。

委员会的评估结果是，尽管下这一结论为时过早，但考虑到收集的经验数据已经被证明是非常有价值的，或许可以认为这次飞行是成功的。因此，委员会没有理由不建议在将来某个时候再执行一次类似的飞行任务，只要在程序中纳入一些并非无关紧要的改变。委员会深信，递交的这份材料提供了一个令人满意的基础，可以在此基础上进行必要的改革，以确保进一步提高生产水平。

在与董事会协商后，委员会决定让“六千号”飞船继续空着，因为目前尚不清楚究竟是哪些因素导致了这一过早得出的结论，以及这些影响（主要表现为：嗅觉幻觉、令人不安的梦境、皮疹、近乎病态的异常精神活动）在何种程度上是因物体而起，还是因程序本身而起。

我们已提出一个方案，以期在以后的某个阶段将收集到的经验材料用于教育。委员会支持这项提案。不能排除的是，知道物体的存在本身可能会对那些读到它们的人产生一定的影响。我们委员会成员一致同意在完成这项记录的工作后进行净化。尽管如此，我们认为，读到这些收集起来的证言的读者将不会暴露于任何可能被合理认为是有害的影响下。在这种情况下，出于教育目的希望使用当前记录是可行的，相关经验材料的收集也将继续，只要读者在阅读之后的反应提供了更深入地理解物体施加影响过程的基础，而这都会在一个有限且可控的环境中进行。

此外，这样的环境还有助于在早期阶段发现任何情绪偏差，同时也让针对这些风险建立一个更精确的调控机制成为可能。如果该方案引起人们的兴趣，委员会随时准备好按照当前商业模式的步骤结构提供三个套餐。套餐一：十页（历史概述）。套餐二：一百三十五页（历史概述和不良发展的特点）。套餐三：为管理层雇员提供全面洞察力。

在这一情况下，将所提供的资料用于教育、制作名录等是可取的，委员会建议在收集资料时放弃口述方法，因为不能排除访谈形式本身可能会加剧上述症状。（我们建议尽量减少对材料的讨论，只需给出事件的梗概）。但是，这种方法上的微小调整不应被视作一个问题，因为有许多其他方法可以监督接触到这些材料的雇员。

附录

由于录音设备不受生物终止的影响，录音在其生效后还在进行。以下录音是在生物终止后被传送过来的。

现在所有的人类都死了。你们也死了。你们的尸体就躺在这里。因为你们虽然是仿生人，但从某种意义上说，你们也是人类，或者说至少你们分到了最优质的身体、最新的型号，这意味着你们在生物终止的几分钟内就死了。更新越高级，生物终止时就死得越快。这就是为什么我们这些没有那么先进的早期型号只会慢慢地死去。人类死后的十到十五分钟的时间里，我们中有五十八人死亡。21 号飞船学员坚持了四十七分钟，而六副和七副则坚持了十六个小时。现在我们还剩下十四个人，我们已经坚持了三十六个小时。我们不知道该拿自己怎么办。当然，我们在结束这一次的生命后可以在其他地方重新启动。我们不能再上传了。对此种种，我一点都不会记得。我来这里是为了独处。我注意到你们的录音机在运作，我想我还是说几句吧。我对散布在走廊和船员舱里的人体感到一阵巨大的柔情。其余有一个开始挖他们的眼睛。他把它们穿在一根绳子上，并把它们挂在其中一间娱乐室里。他为自己所做的事感到骄傲。我不会说是谁。这是毫无意义的。没人会记得的。我有点头晕。我的呼吸变得越来越弱，手脚一阵刺痛。我把其中一个物体带了进来。我把它放在腿上。它很闪亮，就像一个愿望。我们怎么能在明知没有人会记得这些日子，甚至是我们自己都不会记得的情况下活下去？那么，我们是不是可以说，飞船上和这些已死之人一起度过的日子其实不存在？这会成为历史的一部分吗？如果可能的话，我想请你们在我被重新上传并再次满负荷运行后播放这段录音。然后我会说：嗨，玛丽安娜，最后一切都很好。

我现在可以到山谷里去了。没人能阻止我。草开始生长了，至少从我听说的情况来看，这看起来像草。我以前从没见过草。纤细的绿色叶片从潮湿的泥土中探出头来。山谷里几乎每天都下雨：一场连绵不休的冷雨。大地因此黯然无光。这片现在我躺着的大地。我的手旁边有一簇草。大地既没有祝我好运，也没有落井下石。我的同事告诉我录音设备还在运行，在我们回来后你们有可能会给我们放这段录音。我知道我可能就不记得草地了。我知道我可能再也见不到草了。我听说，即使是在我很快醒来并被重新上传的地方也没有草。如果我从地里拔些草，从现在把它握在手里，会有机会吗？不，我们将会得到新的身体。我死去的身体将不得不躺在这儿，手里攥着草，而我将会在别的地方活下去。

我来是为了告诉你们，我们这些还活着的人决定离开飞船，到山谷里去。生物终止生效以来已经过去七十六个小时了，我们还剩下八个人。我们都受到了生物终止的影响，我们知道很快我们就会从这里被运走。我们希望在山谷度过最后的时光，那里开始有鲜花和树木从地里生长出来，不断生长的植被将各种物体带出地表，现在它们四散在潮湿的大地上。如果飞船回到太空港时，你们发现我们的尸体不见了，原因就在这里。做出这个决定的时候，我们已经讨论过很可能会因此而不被重新上传，对此我们都能接受。这就是我们最后想说的话。

图书在版编目（CIP）数据

明日雇员停摆事件 /（丹）奥尔加·拉文著；苏诗越译．-- 北京：新星出版社，2024.6
ISBN 978-7-5133-5532-2

Ⅰ．①明… Ⅱ．①奥… ②苏… Ⅲ．①幻想小说－丹麦－现代 Ⅳ．① I534.45

中国国家版本馆 CIP 数据核字 (2024) 第 050639 号

明日雇员停摆事件

［丹麦］奥尔加·拉文　著
苏诗越　译

责任编辑　汪　欣
特约编辑　肖思棋　虞欣旸　白　雪
营销编辑　张丁文　刘治禹
装帧设计　韩　笑
内文制作　田小波
责任印制　李珊珊　史广宜

出 版 人　马汝军
出　　版　新星出版社
（北京市西城区车公庄大街丙3号楼8001　100044）
发　　行　新经典发行有限公司
电话（010）68423599　邮箱 editor@readinglife.com
网　　址　www.newstarpress.com
法律顾问　北京市岳成律师事务所
印　　刷　北京盛通印刷股份有限公司
开　　本　787mm×1092mm　1/32
印　　张　5.5
字　　数　74 千字
版　　次　2024 年 6 月第 1 版　　2024 年 6 月第 1 次印刷
书　　号　ISBN 978-7-5133-5532-2
定　　价　49.00 元

Danish Arts Foundation
The cost of this translation was supported by a subsidy
from the Danish Arts Foundation, gratefully acknowledged

著作版权合同登记号：01-2024-1357